아름다운 사랑은

아픔 끝에 피어나더라

윤용운

오선문예

애틋한 가족 사랑이 곳곳이 담겨 있고 아버지로서 가장으로서
집안을 두루 살피는 시향과 인간의 기본 삶 그 뿌리의 소중함이
전해지며 희로애락 속에서 바른 삶을 역설하는 글이 잔잔하게
전해지는 시집입니다

사랑 의지 번뇌 고독 해탈 등 인간으로서 생을 살아가는 생로병
사를 자연 속에서 다스리며 틈틈이 자신의 길을 돌아보고 순리
에 순응하는 인간 본연의 모습으로 바른길을 걷고자 하는 윤용
운 시인의 마음이 잘 전해지는 시집입니다

땀방울이 뚝뚝 떨어지는 흙에서 기본적인 생을 알아가며 순하게
살고자 하는 이미지가 곳곳에 들어 있는 따뜻한 시집입니다

제1시집에 이어 제2시집을 출간하면서 문인의 길을 다지고 있
는 윤용운 시인의 제2시집 추천합니다

발행인 단테문협 이사장

오선 이 민 숙

시인의 말

허기진 배를 부여잡고서야
세상 그 어떤 진수성찬보다 소중한
한 끼의 따뜻함이 느껴졌어
살아갈 용기 주는 밥 먹을 힘이 돌아오더라

시린 이별의 칼날에 베여
가슴이 텅 비어버린 줄 알았지
그런데 그 아릿한 통증 너머
더 깊고 따뜻한 사랑이 여전히 거기에 있더라

차가운 바람 속 홀로 서 있을 때
누구의 손길도 닿지 않아
괜찮아 괜찮아 애써 속삭였던 날들
결국 내 힘으로 스스로 일어서는 법을 배웠어

아 그때 조금만 더 따뜻하게 말할 걸
조금만 더 마음 깊이 헤아릴 걸
뒤늦은 후회 방울방울 맺히지만
그 눈물조차 나를 성장시킨 아름다운 거름이 되었지

보이지 않는 강물처럼
모든 아픔은 결국 다 지나가더라
시들었던 꽃봉오리 다시 피어나듯
내 안에 언제나 빛나는 하면 된다는 찬란한 힘이
여전히 살아 숨 쉬고 있더라

목차

제3부

제4부

제1부

보이지 않는 강물처럼

모든 아픔은 결국 다 지나가더라

시들었던 꽃봉오리 다시 피어나듯

내 안에 언제나 빛나는 하면 된다는 찬란한 힘이

여전히 살아 숨 쉬고 있더라

아름다운 사랑은 아픔 끝에 피어나더라

바닥인 줄 알았지 툭 주저앉은 발끝마저
더는 설 힘 없을 거라 생각했어
그 모든 것 너머에
작지만 굳건한 일어설 힘이 숨 쉬고 있더라

허기진 배를 부여잡고서야
세상 그 어떤 진수성찬보다 소중한
한 끼의 따뜻함이 느껴졌어
살아갈 용기 주는 밥 먹을 심이 돌아오더라

시린 이별의 칼날에 베여
가슴이 텅 비어버린 줄 알았지
그런데 그 아릿한 통증 너머
더 깊고 따뜻한 사랑이 여전히 거기에 있더라

차가운 바람 속 홀로 서 있을 때
누구의 손길도 닿지 않아
괜찮아 괜찮아 애써 속삭였던 날들
결국 내 힘으로 스스로 일어서는 법을 배웠어

아 그때 조금만 더 따뜻하게 말할 걸
조금만 더 마음 깊이 헤아릴 걸
뒤늦은 후회 방울방울 맺히지만
그 눈물조차 나를 성장시킨 아름다운 거름이 되었지

보이지 않는 강물처럼
모든 아픔은 결국 다 지나가더라
시들었던 꽃봉오리 다시 피어나듯
내 안에 언제나 빛나는 하면 된다는 찬란한 힘이
여전히 살아 숨 쉬고 있더라

엄마

열 달의 품마저 모자라
한평생 심장에 집을 지은 사람
끝없이 흘러넘치던
그대라는 사랑의 강물

세상에 첫울음 터뜨리던 날
찢어지는 고통 너머
환한 미소로 피어나던 눈물
그 아픔조차 세상 가장 고귀한
기쁨으로 승화시킨 그대

삶의 거친 파도 앞에서
휘청이는 작은 어깨를 안고
등불처럼 젖은 등 토닥이던
따스한 가슴
세상의 첫 멜로디를 가르쳐 준
나의 영원한 쉼터

험한 세상 홀로 내던져져도
넘어져도 괜찮다 다독이며
손잡아 일으켜 한 걸음 한 걸음 이끌던
단 하나의 등대

이 세상 모든 끈이 끊어져도
결코 끊어지지 않을
내 심장에 새겨진 이름
그 깊고 푸른 인연의 강

그러기에 더더욱
목이 메어 불러보는 이름
아련한 그리움의 안개 속에
한없이 보고 싶은 나의 전부 엄마

하늘에 별이 되어도
길 잃은 내 밤하늘을
가장 찬란하게 비춰주는
영원한 나의 북극성

오늘 밤하늘은
왜 이리 유난히 어둡고
별들은 왜 또 이리 내 가슴처럼 진하게
반짝이는 걸까

세로로 걷는 삶

어릴 적 세상은 넓어서
앞만 보고 마구 달렸지
가로로만 펼치던 꿈들은
때론 지친 어깨를 만들었네

시간은 다정히 속삭여와
이제 하늘을 바라보라고
내 발걸음 소리에 귀 기울이며
느리게 또박또박 나아가요.

바람이 전하는 위로 듣고
작은 풀꽃 미소에도 감사해
비로소 깨닫는 진짜 삶은
내 길을 세로로 걷는 것

맨몸의 진실

맨몸으로 마음 다 열었을 때
가장 깊이 닿을 줄 알았어
영원히 하나 될 줄 믿었던 꿈
그 순진한 순간이 칼날 되어 돌아와
쓰디쓴 모멸감만 가슴 저미네

완벽하다 믿었던 그 편안함에
나도 모르게 스스로를 놓아버렸지
나조차 잊은 채 어둠 스민 순간

홀로 새하얀 시트 위에 누워
아득한 밤하늘만 올려다봐요
내 아픈 진실 잊혀진 나
오직 밤만이 조용히 안아주네

삶이 허전한 하루

허기진 오늘 마음까지 울적한데
텅 빈 배 채워도 외로움은 여전하네
닳은 연필 때 묻은 공책 위
작은 노트에 아픔을 긁적여 보지만

달콤한 과자 한 봉지 위안 삼아도
그저 잠시뿐 깊은 허전함 가시지 않아
비 오는 오후 막걸리 한 사발에
세상 시름 녹여볼까 애써 웃어봐도

하늘도 같이 울고 나도 우는 밤
이유 모를 눈물이 자꾸만 흐르네
아픈 마음 누가 알아줄까 싶어도
그대 이 밤도 꼭 지나갈 거예요

어제의 사랑

어제 피던 사랑 오늘 지는 꽃잎
아련히 흩어져 바람에 실려 가고
오늘 피어나는 아픈 이 마음은
내일 또 어떤 흔들림을 만날까

영원 같던 순간도 멀어진 이별
가슴 시린 아픔 애틋한 추억만
꽃은 다시 피고 제비 돌아와도
인연은 기약 없어 서글퍼지네

그래도 이별은 작은 촛불 같아
마음속 어둠 밝히는 따스함 남기고
기약 없는 날 문득 떠오를 그대
그리움으로 다시 피어날 거야

내 안의 오적(五賊)

내 안에도 몰래 숨 쉬는 적이 있다지
가만히 나를 흔들고 꿈을 멀게 해

게으름 달콤한 유혹의 속삭임
권력과 먹거리 돈의 눈먼 욕심이
잠시 즐거움 뒤 깊은 후회를 남겼네
소중한 것 잊게 한 어둠의 그림자

아 내 안의 나쁜 적군들이여
더는 너희에게 끌려가지 않으리
내 영혼 갉아먹는 어둠이여 이젠 안녕

내 안의 빛을 찾아 진정한 나를 향해
한 걸음 내딛으리 너희를 등지고
당당하게 나아가리라

우물 안에서

우리 저마다 깊은 우물 속
따스한 벽에 기댄 채 앉아
바람 한 점 없던 아늑함이
날 지킨다 믿고 살았지

어제 같던 오늘이 좋아서
언제 울타릴 쳤는지 잊었네
세상이 멀어지는 만큼
나는 점점 외로워지고...

나를 감싼 벽 위로 보이는
하늘은 왜 이리 작은 걸까
문득 우물 밖 뛰고 싶을 때
저 넓은 세상 아니면 너

당신 덕분이 지금

지금 내 마음에 꽃 피어나
온 세상이 향긋해져요.
내님 따뜻한 미소처럼
잔잔한 행복이 물들죠

커피향 감도는 오솔길 따라
조곤조곤 이야기가 흘러
반짝이는 생각 나누다 보면
시간마저 멈춘 듯 꿈만 같아

이 모든 '지금'이 소중한 건
바로 당신이 곁에 있기에
영원처럼 간직하고 싶은
최고로 빛나는 순간이에요

반달이 된 내 마음

밤하늘 가만히 걸린 저 반달
내 마음도 고요히 거기 걸려
절반은 비워 여백의 미로
다시 절반만 조심스레 채워가

넘칠까 허전할까 고민해도
삶의 저울 위 내 추를 맞추지
어디로 발걸음 향할지 몰라도
막막한 긴장감 속에서도

작고 소중한 여유 한 조각을
고요히 내려놓는 법을 배우네
서로 다른 빛깔 같아도
모든 마음 결국 같은 달빛임을

빈손에 담긴 사랑

따스한 햇살 아래 아버지께 정성 올리니
붉은 카네이션 희미한 미소 피어나네
그 눈빛 속 내 어린 그림자 일렁여
가슴 속 따뜻한 울림이 차올랐어

총총 다가온 작은 발걸음 속삭인 말
"아빠, 내가 있어 아빠 된 거잖아
아하! 그래, 날 가장 귀한 이름
'아빠'라 불러준 너였지

아들딸 앞에 서면 늘 빈손이 되는 건
꽉 쥔 선물보다 큰 너의 존재 때문
텅 빈 듯 따뜻한 마주 잡은 손에
더 이상 채울 것 없는 사랑 가득해

아버지의 마당

우리 아빠 마당엔 늘
작은 새 위한 자리 하나
둥지 떠나 멀리 가도
잊지 않고 비워두셨대

세상 물들여진 발걸음
혹여 지쳐 돌아올까 봐
말없이 지켜보는 눈빛
언제나 그 자리 그대로

차마 내뱉지 못해도
가슴으로 속삭이던 말
"아프지 말고 잘 살아."
이젠 네가 쉬어갈 차례

초롱꽃 나의 등불

마음 한 켠 쓸쓸한 땅에도
그리운 어머니 손길 따라
초롱꽃이 피었네

차가운 겨울 긴 숨 죽이고
따스한 새봄 기지개 켜고
수줍은 초롱꽃 하나둘 고개 내미네

모진 세월 거친 바람 속에서도
꺾이지 않는 그 강인한 생명
아아 나 여기 아직 살아 숨 쉬네

어느 날 문득 보면
아련한 옛날처럼
새색시 어머니 곱게 단장하고 가시는 길
손에 든 청사초롱 불빛 같아라

살포시 수줍은 듯 고개 숙인 꽃잎
그 안에 담긴 등불은 어둠 밝히고
내 지친 삶에 따뜻한 희망을 놓아주네

낡은 의자 아래에서

큰 나무 아래 오래된 의자 하나
세월의 흔적을 안고
이제는 버림받을 운명인가

한때 그늘 속에서
누군가의 작은 쉼을 주었고
눈물을 닦아주며 상처를 감싸주던
그 따스한 품

바람에 흩날리는 가냘픈 기억들
새벽 이슬에 젖어 하늘을 바라보며
아직도 누군가를 기다리나

낡았다고 허무한 마음이 아냐
멈춰 있는 생각 속에서
새로운 준비가 싹튼다

시간은 흐르고 의자는 여전히
그 자리 우리의 마음속에
소중한 이야기를 품고

돌담 아래 핀 꿈

무너질 듯 위태로운 담벼락 아래
묵묵히 쌓아 올린 돌담 위에
파릇한 돗나물 생명의 노래를 짓네

돌같은 마음에도 청춘은 피어나고
버려진 땅에도 희망은 싹트네
아무도 눈길 주지 않는 곳에서
꿈을 펼치는 노란 별꽃들

밤하늘 빛나는 별처럼
작은 희망이 세상을 밝히네
고독 속에서 피어난 돗나물
강인한 생명력으로 속삭이네

돌담 아래 작은 세상에서
돗나물은 희망을 노래하네
삶의 아픔을 딛고
아름다운 꿈을 피워내네

지금 나의 걸음

지금 힘들다고 너무 아파 마
오늘 모른 조각 내일 햇살 될 거야

작은 깨달음 새싹처럼 돋아나
마음 한 뼘씩 아주 단단해지지

이 따뜻함 우리만의 비밀처럼 간직해
누가 늦다 해도 괜찮아정말 괜찮아!

남의 시간 아닌 오롯이 내 온도로
나만의 발걸음으로 묵묵히 걸어

가장 소중한 건,지금 마음 향하는 곳
내 삶의 저울에 어떤 꿈을 실을지
어떤 사랑을 어떤 진심을 담을지
오직 그거면 충분해

수선화

고요한 아침 햇살이 스며들고
수선화 너의 얼굴이 피어난다
부드러운 바람에 실려 오는
너의 향기 마음을 감싸네

하늘을 바라보며 홀로 서 있는
너의 모습 외로움을 담고
그 안에 담긴 깊은 사랑
내 마음에 고이 새겨진다

빨강과 노랑 그 화려한 색깔
꽃밭에 퍼져 세상을 물들이고
너와 나 서로를 바라보며
아름다움 속에 희망을 찾는다

수선화 너는 나의 꿈
고요한 순간에 피어나는
사랑의 이야기 영원히 간직할
이 감정을 너에게 바친다

행복으로 가는 버스

버스 정류장에서 기다림의 시간
따스한 햇살이 내 마음을 감싸네
어디로 가는지 누가 함께할지
그곳에 행복이 있을까 희망이 가득할까

창 밖으로 스치는 풍경들
사람들의 웃음소리 바람의 속삭임
길 위에서 만나는 모든 순간이
내 마음의 짐을 한껏 덜어주네

행복은 먼 곳에 있는 게 아니야
버스의 이 작은 공간
내 곁에 있는 소중한 사람들
그들의 미소가 나를 채워주네

이제 출발의 신호가 울리면
내 마음도 함께 떠나리라
행복으로 가는 이 버스에서
새로운 꿈을 꿀 준비를 하네

기차가 다니지 않는 반곡역

가을 오니 마음 시려
불러도 대답 없는 사람아
소리쳐 울어도 메아리 없네
시간 멈춘 철길 위에
나 홀로 고독에 잠겨

겨울잠 벗나무처럼 그대여
사랑 와서 웃고 가니 잊혀가
내 마음 구석에 조용히 쌓이네

매미 소리 사라지고
나비 날개 접은 자리 빈 까치집
뜨거운 눈물 흘러도
다시 사랑 기다리지만 그리움은 오지 않네

제2부

어둠 속에서도
빛을 찾고
희망의 씨앗을 심는다
산 그림자 아래서
나는 다시 일어난다

산 그림자

하늘을 가득 채운
검은 구름이
산 위에 소리 없이 앉아
조용히 세상을 덮는다

푸른 솔의 가지는
그 무게에 힘겨워
부드럽게 흔들리며
속삭인다
"이 또한 지나가리라."

바람은 잠시 멈추고
자연의 숨결 속에
내 마음의 그늘을
감춰준다

어둠 속에서도
빛을 찾고
희망의 씨앗을 심는다
산 그림자 아래서
나는 다시 일어난다

아방궁

아름다운 방 안은
궁궐처럼 나를 감싸고
고요한 밤하늘 아래
황금 달이 나를 지켜본다

높은 벽은 의문을 품고
궁금증의 유혹이 나를 부른다
너와 나의 속삭임은
가슴 깊이 숨겨진 아픔의 이야기

잊혀진 곳의 아름다움은
시간이 흐를수록 더욱 빛나
어제의 향기는
오늘의 그리움으로 떠오른다

떨어진 조각들은
별이 되어 빛을 발하며
이 방 안에 남은
추억의 조각들을 밝혀준다

삶의 향기

허수아비가 서 있는 들판
그 곁에 나의 그림자가 춤을 춘다
바람이 속삭이는 꿈의 조각들
나는 그 꿈을 꿉니다 가슴 속에서

꿈을 만드는 이의 미소
빛나는 별처럼 내 마음을 감싸
그와 함께 나도 꿈꾸며
내 안의 가능성이 피어납니다

올곧은 이의 곁에서
삶의 향기가 가득 차오릅니다
꽃잎처럼 부드러운 진실
나는 그 속에서 나를 찾습니다

늙음은 단순한 시간의 흐름이 아니죠
채우는 것이 아닌 비우는 과정
빈자리마다 새로운 의미가 생기고
나는 그 속에서 다시 태어납니다

마음에 쓰는 시

하얀 종이 위에
내 삶의 이야기를 적어 내려가네
기쁨의 순간보다
슬픔의 기억이 더 선명하게 남아
눈물 속에 반짝이는 그리움

높은 하늘 햇살은
나무 그림자 숲속에서
내 마음은 빨간 장미처럼
꽃잎을 펼치고
아픔도 사랑으로 피어나네

눈물로 적신 저녁
별빛이 내 마음을 감싸고
그리움은 바람에 실려
멀리 떠나간다
그러나 그리움은
내 안에 여전히 피어있네

하얀 빈들녘

하얀 나라 빈들녘에 서서
떠나간 기억들에 마음을 묻네
아픔과 땀 모두 흘러내린 자리
외로운 바람이 속삭이는 밤

황금들녘은 어디로 갔을까
허허로운 땅에 하얀 눈이 내려
지난 날의 풍성함은 어디에
삭막한 그림자만 남아 있네

그리움을 안고 서 있는 이곳
고요한 밤하늘 아래 별빛이 흐르네
빈들녘은 여전히 아름답고
내 마음속에 추억의 꽃이 피어나

마음의 꼭지

찬란한 삶의 발자국마다
숨결 묻어나는 그리운 꼭지야
아득한 옛날 작고 여린 시작부터
세월 건너온 오늘까지 늘 이어진 곳

계절의 옷 갈아입고 아파도
단단히 박힌 뿌리처럼 너를 지탱해
고요히 그 자리에 언제나 있었구나
낡은 일기 속 희미한 글씨처럼 속삭여

혼자인 듯해도 넌 결코 혼자가 아니었어
지친 날 기댈 포근한 나의 중심
삶의 진정한 의미는 바로
변치 않는 네 마음의 꼭지에 있더라

젖은 종이

고요한 아침 창문에 비친 햇살
새로운 페이지가 열리듯 설레어
어제의 흔적 스르륵 지워내고
텅 빈 여백 위에 꿈을 그려봐

작은 숨소리 희미한 속삭임이
내 안의 깊은 곳을 깨우지
아직 피어나지 못한 이야기들
별처럼 반짝이며 손짓하네

두근거리는 마음 따뜻한 설렘으로
하얀 종이 위에 채워갈 시간
힘껏 날개를 펴 봐 저 하늘 향해
오늘이 바로 그 시작이니까

  아름다운 사랑은 아픔 끝에 오더라

그림자 속 속삭임

달콤한 그림자 속 공짜란 속삭임
목울대 넘어 스며든 양잿물 한 모금
후회의 눈물 방울 씁쓸히 번져가요

왜 그리 쉬이 믿었을까 그 찰나의 유혹
그저 주는 듯했던 손길에
나는 그리도 쉽게 취했었네요

뒤늦게 터진 한숨은 차갑게 식어
멀어진 날들 붙잡아도 소용없고
자유라 믿었던 걸음엔 보이지 않는 실이 얽혀
공허한 욕심만 끝없이 불어났죠

아 삶이란 무대 진정 공짜는 없나 봐
스스로 얽었던 끈 나를 조여오네요

행복을 그리는 손

행복은 저절로 피는 들꽃 아냐
내 마음 캔버스에 직접 붓 드는 일
어떤 색을 칠할까 무슨 꿈을 그릴까
모든 시작은 내 손끝에 달렸지

가슴 속 비밀 방 오래된 꿈 꺼내어
반짝이는 소망 조용히 구상하네
망설임 없이 두려움 없이 말이야
한 땀 한 땀 정성껏 그려가는 일

서툰 선도 괜찮아 나만의 색깔인 걸
그렇게 매일매일 내 손으로
세상 단 하나뿐인 행복 그려요
가장 아름다운 나의 행복 그림

내 마음의 강물

내 마음 깊은 곳
흐르는 강물
그대는 맑디맑은 시냇물인가요
아니면 헤아릴 수 없는 비밀을 품은
저 푸른 바다일까요

하늘을 고스란히 담아낸 듯
투명한 강물은
저 끝없이 흘러가는 시간처럼
멈추지 않고 흐르네

새파란 들판을 가로지르고
울림 가득한 바위 아래
고요히 놓인 길 위에서
내 마음은 오늘도
잔잔히 물결치고
햇빛 받은 은빛 물결에
눈이 부셔오네

침묵의 벗 거울

말없이 마주하는 투명한 공간
내 속삭임 닿지 않아도
오직 눈빛으로만 통하는 깊은 교감
내가 일어서면 함께 키를 맞추고
주저앉으면 같이 내려앉는
나의 그림자 같은 벗

고운 색 입혀 정성껏 단장하면
함께 피어나는 아름다움에
더욱 찬란히 빛나는 너
티끌 하나 없는 맑은 표면에
내 얼굴 위 작은 티끌마저
말없이 일러주는 진실

거울 속 깊이 들여다보면
그 투명한 심연에서
진정한 나의 모습이 비친다
내가 웃으면 함께 미소 짓고
성난 얼굴 찡그리면
고스란히 담아내는 나의 분신

그늘 속 영원

그대는 한여름 눈부신 햇살 같아서
내 마른 가지 끝까지 생명을 불어넣죠
때론 너무 뜨거워 숨이 막힐 듯하지만
그 열정 없이는 이 세상도 의미 없겠죠

나는 그런 그대 곁에 드리워진
커다란 나무의 깊고 푸른 그늘이에요
지친 어깨 기댈 수 있는 작은 안식처
뜨거운 숨 고르며 잠시 쉬어갈 수 있는 곳

우리는 서로에게 물러설 수 없는
운명처럼 얽혀버린 하나의 몸이죠
하늘이 땅을 품고 땅이 하늘을 바라듯
그렇게 서로를 채워주는 영원한 존재

사랑이란 이름으로 아리게 스며들어
기쁨의 미소 뒤에 숨겨진 눈물까지도
함께 나누는 모든 순간이 소중한
우리만의 이야기가 되어요

굴뚝

저 굴뚝 위로 아련히 피어나는 연기
그건 필시 누군가 아궁이에
마음의 불씨를 지폈다는 증표죠

뽀얀 숨결처럼 솟아오르는 하얀 연기는
온기 가득 삶이 순조롭게 타오르는 순간이고요

허나 먹먹한 마음 실어 무겁게 번지는 검은 연기는
아 그건 분명 눈물처럼 아린 삶의 불길이죠

아궁이 속 저마다의 사연 담긴 불길 따라
굴뚝은 그렇게 우리네 삶의 연기를
고스란히 피워 올립니다

허수아비 아저씨의 마음

저 멀리 황금 들녘 끝자락에
말없이 서 계신 허수아비 아저씨
뜨거운 시간의 무게 짊어진 채
깊은 사연 품고 묵묵히 서 있네

고요한 침묵 속 외로움이 읽히고
하얀 구름조차 쓸쓸히 떠도네
그 아련한 쓸쓸함 내게도 스며와

재잘대는 참새만 아저씨 벗일까
깊은 고독을 어루만져줄까
밤 별들 속삭이듯 반짝이는 밤
새벽 이슬 촉촉이 젖은 마음

그래도 아침 햇살 다시 눈 뜨니
세상은 속삭여 생명의 따뜻함
오래 기다린 따뜻한 손길이
곧 아저씨 마음을 두드릴 거야

내 삶이 무쇠 가마솥이라면

내 몸이 무쇠 가마솥이라면
그저 고이 간직되어
먼지 쌓인 창고 한구석에서
쓸쓸히 녹슬기보다
매일 뜨거운 불꽃을 만나
세상 가장 깊은 맛을 내고
정성껏 닦이고 기름 먹여져
닳고 닳아 반짝이는 삶이기를

때로는 거친 눈비 속에 서고
때로는 맹렬한 불길에 달궈져도
그 모든 흔적을 품고
따스하고 고소한 밥을 지어낸다면
아 그것이야말로 진정한 행복이겠지
존재의 이유를 다하는 기쁨이겠지
어느 날 문득 고개 들어
드넓은 하늘을 올려다볼 때
이 모든 삶의 여정이
가슴 시린 사랑이라면
내 삶은 영원히 아름다운 시가 되리

오늘이라는 뜰

오늘이라는 작은 뜰에
희망 가득 씨앗 심었네
내일 고운 꽃 피어날 꿈
설레는 맘 가득 품었어

새싹들마다 고운 얼굴
햇살 받고 바람 맞아도
거친 비바람 속에서도
뿌리 깊이 더 단단해져

밤하늘 별 이불 삼고
새벽 이슬 목 축여가며
아픈 상처 새 살 돋듯
우린 더 큰 희망 꽃 피울 거야

오늘 돌멩이들을 만나다

오늘 하루 난 몇 개의 돌멩이를 만났지
단단한 벽돌은 마음의 벽인 울타리인가
정처 없이 구르는 돌 나처럼 헤매는걸까
묵묵히 제 자리 지킨 작지만 강한자갈들
보이지 않는 곳에서 빛나는 존재처럼

내 발바닥에 붙어 온 작은 모래알
조용히 내 하루를 함께 해준 너
물길 건넌 고마운 돌다리
건너편 세상 이끌어주는 길처럼
기꺼이 발 돕는 디딤돌 희생일까 이유일까

문득 마주한 텅 빈 '돌대가리' 속에
수많은 생각들 그러나 아무것도 담지 못할 때
말없이 서 있는 너희 돌멩이에게서
나의 하루 나의 마음을
다시 한번 들여다본다

거미줄 속 아침

마음속 거미줄 그 아픔 알 것 같아
하얀 실올마다 슬픔이 엉켰지만
언젠가 이슬은 햇살에 마르듯이
상처도 아물 날 분명히 올 거야

거센 바람만이 답은 아니잖아
작은 미풍에도 털어낼 수 있어
기억의 조각들 굳이 다 버릴까
아프지만 함께 걸어온 발자국

내님 마음은 늘 따뜻하니까
스스로 빛을 내어 길을 찾을 거야
토닥토닥 어깨 토닥여 줄게
다시 피어날 용기

흙빛 사랑

시린 햇살 길목 서러움 굽이쳐 흐르고
어머니 한숨은 메마른 흙먼지 흩어졌지
마디 굵은 손 삶을 헤치던 가난 앞에서
죄 아님에도 깊이 숙여지던 그 슬픔

자갈밭에 심은 작은 희망의 씨앗들은
자식들 굳건히 세상 향해 서라던 간절함
아버지 어머니 눈물과 한숨으로
어린 가슴엔 돌덩이 박히듯 스며들었네

막연한 소망의 무게 조용히 견디던 세월
배고픔마저 사치이던 길고 긴 밤들
뜨거운 물 한 바가지 넘기던 그 아픔이
깊은 상처 되어 세월 속에 물들었지

흙수저 물고 태어난 우리 위해
흙보다 더 깊었던 영원한 사랑
내 별 같은 아버지 내 어머니

멍에를 메고 서러운 숨을 쉬네

땅에 닿을 듯 고개 숙인 삶의 무게여
어깨를 짓누르는 멍에 자국 선명한데
숨 한 모금 삼키기조차 버거운 하루 끝자락
논밭 갈아엎는 발걸음마다
묻어나는 고달픔 그 서러운 한숨들

그래도 괜찮다 다독이는 듯
바람에 실려오는 아기 송아지 웃음소리
엄마의 깊은 눈빛에 담긴 아픔을
알기나 할까 모르는 채
따스한 햇살 아래 마냥 즐겁게 뛰어다니네
저 작은 들꽃처럼 순수하게

멍에 메고 가는 길
모두의 발걸음이 저리도 무거울까
소리 없는 눈물이 땅속으로 스며들 때
아기 송아지의 천진함이
부서진 마음에 작은 위로를 건넨다

치악산 황목장숲 길

치악산의 아침 햇살이 스며들고
구룡사로 향하는 길 잔설은 여전히 남아
차가운 공기 속에 봄의 숨결이 느껴져
어딘가에서 꽃이 피었으리라 조용히 속삭이는 듯

나뭇가지 사이로 비치는 빛
눈부신 순간들 마음 속에 새겨지고
차가운 땅 위에 따스한 꿈이 피어나
자연의 속삭임에 귀 기울이며 나는 걷는다

황장목숲길 그 신비로운 길 위에서
봄의 기운을 느끼며 잊고 있던 나를 찾는다
세상의 모든 아름다움이 여기에
치악산의 품에서 다시 시작되는 나의 이야기

초롱꽃 나의 등불

마음 한 켠 쓸쓸한 땅에도
그리운 어머니 손길 따라
초롱꽃이 피었네

차가운 겨울 긴 숨 죽이고
따스한 새봄 기지개 켜고
수줍은 초롱꽃 하나둘 고개 내미네

모진 세월 거친 바람 속에서도
꺾이지 않는 그 강인한 생명
아아 나 여기 아직 살아 숨 쉬네

어느 날 문득 보면
아련한 옛날처럼
새색시 어머니 곱게 단장하고 가시는 길
손에 든 청사초롱 불빛 같아라

살포시 수줍은 듯 고개 숙인 꽃잎
그 안에 담긴 등불은 어둠 밝히고
내 지친 삶에 따뜻한 희망을 놓아주네

나무

나의 시작은 텅 빈 벌판이었네
오직 바람만이 스치던 외로운 땅에서
가느다란 꿈 하나 품고 움틔었지

마른 가지 끝 푸른 희망을 엮어가며
메마른 뿌리 조용히 꿈을 꾸었어
한 줄기 소나기에도 깨어나던 간절함으로

한 뼘 한 뼘 숨결 모아 낡은 허물 벗고
싱그러운 초록빛 새 옷으로 갈아입으며
새로운 세상 향해 조심스레 팔 벌렸지

세월의 나이테 깊이깊이 새겨지고
묵묵히 허리는 더욱 굳건히 여물어
마침내 이 땅 위에 꼿꼿이 서서
하늘을 향해 소리 없이 뻗어가는
나 한 그루의 나무가 되네

제3부

때론 누에처럼 고단한 삶
그래도 꿀처럼 달콤한 순간
매콤한 고추장 같은 너의 정이
나를 깨우네 살아있음을

오래된 숨결

백 년 숨결 머문 초가집 풀잎 고이 돋아나
아련한 흙벽엔 그리움처럼 금 번지고
삶의 고단함 스며든 구멍은 한숨 토하네

차디찬 틈새로 주먹만 한 하늘 조각
아스라한 희망처럼 눈물겹게 비치네
수수깡 짚풀 마저 애틋작은 쥐 바삐 가고

도도한 고양이 제 집인 양 편안히 오가며
모두 함께 따스하게 숨 쉬는 풍경
산다는 게 어쩌면 다 그런 걸까 함께 나누는 온기

낡은 지붕 아래 새 숨결 피어나듯
백발 노인은 황토흙으로 마음 메꾸고
아련한 추억 위에 새 마음 새단장하네

내가 나라서 명품인 걸

어떤 가방을 메었든
무슨 옷을 걸쳤든
그게 뭐가 중요해
이 조용한 가방 속에 담긴 건
반짝이는 로고보단
오늘 하루의 설렘과
나를 지켜준 시간들이잖아

옷깃 스치는 바람 속에도
값비싼 태그보단
나를 품어준 따스함과
수많은 날들의 이야기가 숨 쉬는 걸
명품이라 탓하지 마
명품 아니라 아쉬워 마
진정한 명품은
내 안에 빛나는 눈빛
세상에 단 하나뿐인
나 그 자체인 걸

뒤뜰

뒤뜰 한켠 햇살 머금은 장독대들
어머니의 깊은 마음 담아 익어가네

땅속 김치독은 그리움 듬뿍 품고
따스한 밥상 위 사랑으로 피어났네

묵직한 광문 열면 땀방울 영근 내음
풍요로운 안식이 가득 차올랐지

아 흔적 가득한 이 뒤뜰은
어머니의 고단한 삶 고스란히 담겨

계절 변화 속 희로애락의 공간
수많은 이야기가 꽃피운 소중한 곳

뒤뜰의 진정한 주인은 어머니
영원히 빛나는 삶의 노래를 부르시네

인생의 지붕 아래

인생은 한 줄 낡은 동아줄은
이제 고이 놓아줄 시간

새로이 엮은 새끼줄을
조심스레 다시 잡았네

시간의 비바람 맞은
헤어진 초가집 지붕처럼
세월의 흔적 가득해도

따사로운 햇살 아래
새 이엉으로 한 땀 한 땀
정성껏 새 옷 입히니

푸른 하늘 아래
잔잔한 평화가 내려앉네, 마음에도

풍경소리

아득한 저 너머에서
바람이 불어와
조용히 처마 끝을 스치면
쨍그랑 청아한 풍경 소리...
아련한 울림은 내 안의 눈물 방울 같아
가슴 깊이 흘러내리는 듯해

저 멀리 산자락을 안은 듯
은은히 퍼져오는 종소리엔
사무치는 그리움이 물결치고...
마음을 저미는 목어의 울음은
마치 삶의 그물에 갇혀버린 듯
애달픈 흐느낌으로 번져와

옥수수

차가운 물결에 온몸을 담그고
세상 고독을 삼킨 듯
펄펄 끓어오르는 불길 속에
운명을 맡기는 너

삶을 고스란히 끓여내는 시간인가
뜨거운 시련 속에서
작은 알맹이 하나하나
뜨겁게 익어가고
그 마음마저 사무치게 달아오를까

허물을 벗듯
지난 시간의 묵은 흔적들을
조용히 흘려보내고 나면
티 없이 뽀얀 속살 드러내며
세상 향해 환하게 웃는구나

그 순수한 빛은 하늘 가득 차오르고
온 세상을 향해
가장 찬란하게 빛이 나는구나

뽕나무 그늘 아래

뽕나무 그늘 아래
하늘이 가려져도 좋아
검붉게 익어가는 오디처럼
내 마음도 깊어가네
잎새가 가린 세상 속
고요히 피어나는 평화

바람이 속삭이는
색소폰 선율처럼
삶의 숨결을 느끼게 하는
오래된 친구여

때론 누에처럼 고단한 삶
그래도 꿀처럼 달콤한 순간
매콤한 고추장 같은 너의 정이
나를 깨우네 살아있음을

거짓 없는 진실한 마음으로
서로를 비추는 등불 같으니
이대로 곱게 간직할
영원한 우정

들녘의 홀로 선 마음

바람이 홀로 서성이는 들녘에
그대 허수아비 말없이 서 있네
어깨 스치는 밤바람은 시큰하고
낡은 옷자락은 쓸쓸히 흔들려

까만 하늘엔 별들이 가만히 눈을 뜨고
희미한 빛깔로 깜박일 때
잘 익은 황금빛 곡식들 사이로
짹짹 참새들의 웃음소리 가득한 방앗간

하늘만 바라보는 허수아비의 두 눈엔
지킬 수 없는 무거운 한숨이 고여
아무도 모르는 슬픈 그림자처럼
그렇게 홀로 깊어가는 들녘의 밤

버팀목

푸른 숨 멈춘 듯 보여도
가지 뻗지 않아도
말없이 선 자리에서
오직 너를 기다렸네

차가운 비 거친 바람
모두 삼키며
내 모든 무게 실어보렴
단단히 품어줄게

작은 속삭임도 없이
고요히 서 있지만
꺾이지 않을 믿음으로
늘 그 자리에 있어

빛바랜 시간 속에서도
너의 빛이 되리
부서지지 않을 버팀목
영원히 옆에 서서

외줄 위 춤사위

내 운명은
아슬아슬 외줄 위에서
홀로 추는 어릿광대의 춤사위 같아
세상 모든 시선은 저 멀리
나의 그림자만 길게 드리워진 무대

손에 쥔 건 달랑 부채 하나인데
그 작은 날개짓에 온 삶을 싣고
휘청이는 바람 속 중심을 잡으려 애쓰네
한 발 한 발 조심스레 내딛는 걸음마다
숨겨진 한숨이 작은 파동으로 번져가

때론 슬프고 때론 외로워도
이 춤을 멈출 수는 없어
그것이 나이고 나의 운명인 것을
외줄 위에서 피어나는
가장 아름다운 나의 이야기

새벽 푸른 꿈을 만나다

새벽녘 고요를 깨우는
닭의 작은 울림에
내 귀가 가만히 열리고
졸음 머금은 눈을 비비네
아직 채 걷히지 않은 꿈 안고
나는 조심스레 일어나요

저 멀리 희미한 종소리처럼
다시 들리는 닭 울음
닫혔던 마음의 날개 조용히 펴고
새로운 꿈을 가슴에 안은 채
반짝이는 하루가 시작되는 아침

간절히 그리운 햇살처럼
눈부시게 빛날 나의 날들
저 맑은 하늘 아래
투명한 삶이 나를 기다리는 듯
수줍게 다가오네요

점점 멀어지는 밤의 어둠

서서히 걷히는 안개 틈으로
아련히 그러나 선명히
저 푸른 산등성이가
내게 말을 거는 듯 다가와요

시간의 품에 안겨

거울 앞에 고요히 서서
깊어진 주름마다 삶의 강물 흐르네
웃음과 눈물 이야기 담긴 길 같아

세상 파도 품은 드넓은 바다처럼
때론 따뜻한 밥 담던 바가지 같지
넉넉한 모습에 삶의 풍요 담겼네

아득히 멀어진 청춘은 강물로 흘렀어도
그 빈자리엔 지혜와 너그러움이 채워져

지금 거울 속 나의 눈빛은
지나온 모든 순간을 사랑하고
현재를 깊이 품어 안는
고요하고 아름다운 빛으로 반짝여

내 나이 그빛을 사랑하네

내 나이 찬란한 빛 매 순간이 보석 같아라
시간의 강물 위 나를 온전히 안아주네
어린 꽃봉오리라도 시든 잎새라도 괜찮아
내일은 미지의 춤 그래도 그 길을 걸어

마음을 묶지 말고 자유롭게 날아봐
진심으로 가꾼 삶은 가을날 열매 맺듯
내 안의 별을 따라 나만의 길을 빛내리
푸른 꿈 품은 채 세상의 설렘 느끼네

지금 이 나이 막 태어난 한 살의 두근거림
사랑하지 않으면, 결코 일어설 수 없으니
온 마음 다해 사랑하자 젊음은 영원하리
영원히 반짝이는 너의 가장 푸른 청춘

미지의 길 위에서

한 번도 가보지 않은 길 위에
우리는 나란히 서 있네
두근거리는 설렘과
조금은 서툰 두려움이
발끝에서부터 스며들어도

그대 따스한 손을 꼭 잡고
흔들림 없는 믿음 하나로
저 멀리 어렴풋한 빛을 향해
조심스레 발걸음을 내딛네

사랑이란 이름의
가장 강력한 힘으로
우리는 기어이 하나가 되어
세상 그 어떤 것도
두렵지 않은 용기가 되었으니

내 안에 잠자던 힘
이제야 비로소 깨어나
모든 것을 해낼 수 있는
찬란한 내가 되리라

기다림의 시간

버스 정류장 벤치에
가만히 내려앉아
내 님 마음처럼 기다려요

오지 않는 그대 모습에
창밖은 그저 흘러가는데
나는 어쩌면 버스 대신
내 안의 나를
고요히 마주한 걸까

어스름 새벽처럼
기다림은 가슴 시린 추억
어둠 속 등불처럼
외로운 길 밝히는
절절한 사랑이 되네요

운명 같은 이 시간들이
문득 삶의 사랑이었음을

어깨를 빌려줄게

때론 너무나 아파서
숨쉬기조차 버거운 날들이 있지
하늘을 봐도 온통 먹구름뿐이고
세상 모든 소리가 슬픔으로 들릴 때

혼자서 애써 견디려 하지 마
보이지 않는 짐이 더 무거운 법이야
그저 기대고 싶을 땐
나지막이 불러줘 내가 여기 있어

어깨를 빌려줄게 마음껏 울어도 돼
흘려보내야 할 눈물이라면
참지 말고 다 쏟아내도 괜찮아
아픔은 그렇게 흘러가고
그 자리에 새싹이 돋아나듯
따스한 위로가 찾아올 테니
다시 일어설 힘이 될 거야 분명히

다짐

사랑과 용서 그 깊은 이름은
한낱 스치는 감정 아님을
물결처럼 일렁이는 마음 따라
덧없이 변할 수 없음을

아침 햇살이 창을 두드리고
저녁 노을이 세상을 붉게 물들여도
밤하늘 별들이 속삭이는 순간에도

찰나의 숨결 눈 감았다 뜨는 그 짧은 찰나에도
가슴 가득 사랑이 피어나야 하고
아픈 기억 기꺼이 놓아주며 용서해야만
비로소 그대 마음 고요히 미소 지을 수 있나니

이는 찰나의 선택 아닌
영원히 지켜야 할 마음의 약속
그대 삶의 가장 깊은 곳에서
언제나 빛나는 다짐이어라

붉은 마음 뜨거운 계절

한여름 태양 아래 붉게 타오른
작은 고추 하나가
매웁게 약이 올라 제 빛깔을 토하네.
그 빛 그 뜨거움은
혀끝에 맴도는 아린 추억 같고
오랜 미움이 심장까지 붉게 물들이는 걸까

점점 더 진해지는 저 붉음은
그대 눈물일까 아픈 사랑일까
곳곳이 빨강으로 물들어가는 것이
내 안의 서툰 마음이겠지
사랑과 미움이 한데 엉켜
뜨거이 익어가는 한 조각 심장

차마 꺼내지 못해
속으로만 뜨거워지는 마음
그것이 바로 그대이자 나의 아린 여름 심장일까

꽃을 피운다는 건

혹독한 겨울 찬 바람
온몸으로 감싸 안고
아프게 아프게 버텨낸 시간
마침내 찬란히 웃음 짓는 날

꽃 피는 그 날엔
저마다 고운 자태로
나비도 꿈결처럼 날아들어
아침 이슬 촉촉한 꽃잎은
밤새 흐느낀 눈물인가

지는 꽃잎 바람에 흩어져도
말없이 제 몸으로 꽃길을 열어주고
남아있는 아픈 흔적들
결코 잊지 말라
낮은 숨으로 속삭이네

강폭

시간 강물 멈춘 듯 물길 좁아드니
넓었던 마음 한 품에 스며드네

강폭 안 조용히 발 들여놓고
세상 소음 잦아든 고요함 속에
그대와 나의 숨결 깊이 하나 돼

두려워 배 타고 건너던 그 강도
이젠 맨발로 걸어갈 길이 되었네
발자국마다 사랑을 새기며
서로의 온기 느끼는 우리 길

좁아진 강폭에서 찾은 큰 평화
그대와 함께라면 두렵지 않아
어떤 강이든 이젠 괜찮아

오래된 숨결

백 년 시간 머문 초가집 지붕 위
푸른 풀잎들 아련히 돋아나고
흙빛 벽엔 그리움처럼
시린 금 번져가네

삶의 고단함 스민 뻥 뚫린 구멍은
아픈 한숨 토해내고 찬 바람 스며들어
그래도 그 틈 사이 작은 하늘 조각은
눈물겹도록 아스라한 희망 비춰주네

수수깡 짚풀 애틋한 그 작은 틈 사이로
작은 쥐 도도한 고양이마저 편안히
모두 따스하게 삶의 숨결 나눠 쉬어

산다는 게 어쩌면 다 이런 걸까
서로 온기 나누며 말없이 동거동락
낡은 지붕 아래 새 숨결 피어나듯

백발 노인 허한 마음 정성껏 바르며
아련한 추억 위에 새 마음 새단장

초록빛 속삭임

아침 햇살 스며드는 창가에
작은 먼지 춤추듯 날아
잊었던 꿈 하나 피어났네

바람결에 흔들리는 나뭇잎은
나른한 오후의 자장가 부르고
내 작은 숨결 온전히 내려놔

지난 날 아련한 조각들은
어느새 빛바랜 사진처럼
추억 속 깊이 잠들고 있어

고요한 발걸음 숲길을 걷네
초록빛 세상이 나를 감싸고
새들의 노랫소리 스쳐 지나면

나 홀로 지녔던 작은 슬픔도
투명한 물방울처럼 사라져
새로운 노래 마음에 번진다

그 자리에 나무

거친 비바람 휘몰아칠 때면
왜 그리 온몸을 맡겨
춤추듯 흔들리는지
대지의 고요한 노래 가락에
가만히 마음을 여는지

매서운 눈보라 몰아치는 날엔
왜 그리 모든 것을 내려놓고
앙상한 알몸으로 서서
저 높은 하늘을 고요히 바라보는지

아아 나무여 그대는 왜
언제나 변치 않고
그 자리 묵묵히 서서
아낌없이 말이 없이
따스한 그늘을 드리워 주는지

능소화 기다림의 춤

붉은 능소화 담장에 엉겨
메마른 기둥 뜨겁게 감싸
하늘 끝닿듯 애틋히 솟았네

바람에 흔들리는 분홍 얼굴
그리움에 애달픈 춤 추는 듯
한들한들 하염없이 흔들려요

떠난 도련님 기다리는 마음
꽃잎마다 고이 스며들었나
떨어진 자리마저 꽃길인데

뜨거운 여름날 그 시원한 그늘
정녕 돌아올 수 없는 사람인가요
알 수 없는 물음만 사무치네요

꽃은 이리도 예쁘게 피는데
내 기다림 끝은 언제일까요

알밤

가슴 저편 단단한 알밤 하나
고집이었을까 그리움이었을까
입술 사이 조용히 터뜨리니
톡 세상 밖으로 다 흐트러지네

텅 비워낸 그 자리엔
시린 바람 한 조각 들어섰고
까칠한 어깨마저 가을볕에 녹아내려
잔잔한 고요가 비로소 드리웠어

두 팔 벌려 평화를 안으니
그 어떤 것보다 포근하고
깊은 숨 쉬게 하는 위로
아릿한 편안함이 가득 스며드네

인생의 지붕 아래

인생은 한 가닥 줄이었네
낡고 엉킨 동아줄은
이제 고이 놓아주고
새로이 엮은 새끼줄을
조심스레 잡았네

시간의 비바람 맞아
몇 해 전 입었던 초가집 지붕은
낡고 헤어져
세월의 흔적 가득했지

올해 따사로운 햇살 아래
새로이 추수한 이엉으로
정성껏 한 땀 한 땀
새 옷을 입히니

푸른 하늘 아래
깔끔한 지붕
새로운 숨결을 불어넣듯
내 마음에도
잔잔한 평화가 내려앉네

마음의 거울

내 마음 저 깊은 곳에
숨겨둔 이야기들
그 모든 풍경 담아내는
투명한 거울이 있다면
아마도 그건
그대 얼굴이겠죠

환한 햇살 품은 듯
늘 밝게 웃어주세요
그 미소 한 조각이
어둠 속 길 잃은 마음을
다시금 환히 밝혀줄 테니까요

하지만 아시죠
마음 한켠 시린 바람 불어와
슬픔이 깃들면
얼굴에도 그늘이 지고
작은 주름이 깊어지는 걸요

제비꽃 그 기다림의 숨결

슬퍼서 고개 숙인 거 아니야
외로움에 떨다 피어난 것도 아니구
그냥 오롯이 너를 기다리다
작은 보랏빛 심장이 툭 터져버린 거야

저 멀리 강남 하늘 끝자락에
아련한 그림자처럼 드리운 그리움
떠나간 그님, 그 향기 잊지 못해
내 모든 계절을 담아 피워낸
애틋한 기다림의 울림

차가운 바람에도 흔들리지 않고
오직 한 곳 그대만 바라보다
세상에서 가장 예쁜 이름으로
조용히 피어난 제비꽃
너는 사랑이야 영원한 기다림의 약속

낡은 댓돌 고무신처럼

낡은 댓돌 옆 고무신 한 켤레
검은 그림자 드리워도 괜찮아

어릴 적 하얀 고무신처럼
맑고 순수했던 그 날들은
마음속에 고스란히 남아있지

아빠 손 잡고 마실 가던 길
엄마랑 시장 뛰놀던 그 시간들
그땐 삶이 이렇게 모질 줄 몰랐지

하지만 댓돌에 기대 숨 고르며
저 앞산 뜬 하얀 달을 보면
낮은 곳에서 높은 꿈 꾸는 나

고무신처럼 질기고 억척같이
기쁨과 슬픔 모두 스며든 삶
오늘도 달빛에 시름 잊으니
이것이 바로 내 인생의 진정한 낙

의자

익숙한 그림자 저물고
낯선 발걸음 다가오네
그대 위해 낡은 기억 걷어내고
새하얀 마음으로 채운 의자
조심스레 내어 드려요

내일이면 새벽 이슬 머금고
아침 햇살 몰고 올 여린 숨결
살포시 문 두드리겠죠

그 고운 발걸음 맞이하려
묵은 세월의 흔적 말끔히 닦고
반짝이는 새 마음으로
의자를 다시 빚었답니다

먼저 다녀간 따뜻한 손길이
내게 그랬듯
작은 화분에 담은 설렘과
달콤한 축하 케이크까지
고이 준비했어요.

변치 않는 약속

한 번 맺은 약속은
바람 속에도 흔들리지 않는 맹세
대나무 휘청여도 꺾이지 않는 푸른 숨결
내 안 깊이 쉬고 있네

하얀 눈 속에 묻힌 소나무처럼
묵묵히 겨울 길을 걸어가리라
그 약속 차가운 품에 안고서

질경이처럼 짓밟힐수록 단단한 뿌리여
어둠 속에서도 영원히 빛나는 별이 되어
꽃잎 져 흩어져도 향기는 남아있듯
가슴 속 끈기 조용히 불태우면
약속했던 마음은 늘 정직하게 빛나리

풀린 운동화끈

숨 가쁘게 달리던 길
꽉 조였던 마음처럼
단단했던 운동화끈이

어느새 소리 없이 풀려
내 발에 밟혀 흔들리네
새하얀 설렘은 간데없고
흙탕물에 너덜거리는 모습

힘껏 조인 마음마저 느슨해져
나사 풀린 볼트처럼 힘없이

넘어질 듯 주저앉고 싶은 길
내 마음의 끈을 다시
천천히 단단하게 묶어보려 해

가난의 뜰에서

가난의 뜰에서
나는 별을 헤는 희망을 주웠네
메마른 땅 위 꿈의 씨앗을 심었네

투박한 나무가 숲을 푸르게 감싸듯
화려한 기둥은 궁궐을 지탱하지만
이름 없는 풀잎도 대지를 숨 쉬게 하듯

가난 또한 삶이 준 선물이라네
주저앉지 마 이 순간은 일어서는 법을 배우는 시간
넘어져도 괜찮아 다시 일어나는 용기를 배우는 중

가난은 때로 마음을 병들게 하지만
그 아픔 속에서 더 단단한 희망을 피워내리

고독이 머무는 자리

외로움은
재미를 잊은 가슴에
피어난 사랑병인가요

기쁨을 아는 이는
어둠 스며들 틈도 없이
쓸쓸함조차 스쳐 가는 바람결에
사뿐히 놓아두죠

초록 잎새 품은 나무와
고요히 마음 나누고
작은 새들과 함께
하늘 아래 고운 노래 부르며
그 속에선 고독마저
아름다운 친구가 되어요

배냇저고리

낡은 나무 상자 먼지 속 추억 폴폴
고이 잠든 배냇저고리 엄마 숨결 스몄네
세상 첫날 날 감싸던 그 포근함
맨몸에 닿던 따스함은 엄마 심장 같았지

한 땀 한 땀 실밥마다 눈물 웃음 박히고
작은 손발 움직임엔 엄마 기도 스며든
이제 만질 수 없는 그 손길 목소리
하지만 이 옷깃 잡으면 품이 느껴져

희미한 젖내음 낡은 배냇저고리
그리움 되어 가슴 시리게 하네
영원히 잊을 수 없는 첫 세상
엄마의 지극한 사랑 이야기

지금의 나를 사랑하자

강산 변해도 마음은 그대로
시간은 흘러 계절은 바뀌고
젊었던 날은 추억이 되었네
그래도 푸른 꿈은 가득한 오늘

거울 속 주름 하나에도
내 삶의 깊이가 담겨있으니
이 순간 나를 사랑하기로 해
두 팔 벌려 스스로를 안아줘

훗날 할미꽃처럼 피어나도
지금의 이 빛나는 순간을
후회 없이 사랑했다 말할 수 있게
다정한 마음으로 나를 감싸자

간극

서울에서 부산 그 거리만큼
마음은 멀어져 버렸나
간에 붙었다 쓸개에 붙었다
이익을 좇는 바람 같은 마음

짜릿한 매움 끝에 느껴지는 공허
혹은 맹물처럼 희미한 관계
어느 맛도 느낄 수 없는 무감각
애써 벌어진 틈새를 메우려 하지만
넘어야 할 마음의 벽은 높아만 가네

나와 멀리 있는 사람
어쩌면 나의 또 다른 모습
나와 등진 사람
그가 나의 버팀목이 될 줄이야

희미한 미소 속에 감춰진 진실
알 수 없는 인간관계의 깊이
오늘도 그 간극을 좁혀보려
애써 노력하는 나

오래된 장롱 속 이야기

장롱 깊숙이 묵은 이야기들
먼지 앉은 기억 조각 붙들고
멈춘 시간 속 맴돌았네

앉아도 지치는 영혼처럼
무거운 추억에 숨이 버거웠지만
이제는 작은 한 걸음 내딛고 싶어라

다른 숨결 새 빛깔 담아서
깨달았네 묶인 고삐 풀어낼 힘
내 안에 있음을

고요히 나를 다잡는 순간
가장 단단한 문이 열리는 것을
진정한 자유가 시작됨을

둠벙

낮은 곳 숨어 핀 웅덩이 둠벙아
가뭄 든 논에 생명 불어넣던
작은 희망이었지

손 마디 닳도록 물 퍼 올리던
밤낮없이 땀 흘리던 날들
목마른 논 타들어 가던 벼
오직 갈증만이 마음 깊이 새겼네

쩍쩍 갈라진 논바닥은 아픈 눈물
밤하늘 아래 둠벙 속에 잠긴 달
그 속에 비친 님 모습
무모한 손길로 잡으려 했지

그리움 사무쳐 달빛 흔들리던 밤
둠벙은 내 마음의 거울
영원히 잊지 못할
사랑의 웅덩이

윤슬 한 조각

따스한 햇살이 내려앉은 오후
창가에 기대어 지난 꿈을 세어봐
작은 바람이 살랑이며 속삭이고
마음엔 잔잔한 행복이 물들어

옅은 미소 머금은 얼굴 위로
시간이 보석처럼 흘러가네
푸른 하늘엔 구름이 춤을 추고
가슴엔 새로운 꽃이 피어나

이 모든 순간이 소중한 선물 같아
아련한 추억들이 노래를 부르고
내일의 이야기는 희망으로 가득해
언제나 반짝이는 오늘을 사랑해

　아름다운 사랑은 아픔 끝에 오더라

결핍

결핍 마른 목마름 같던 우리의 시작
텅 빈 손 더 먼 곳 그리던 마음이었지
단순한 없음을 넘어선 간절함
조금 더 빨리 따스하게 닿고픈 바람

느린 발걸음 속 너에게 없던 나였을까
그 결핍이 채우고픈 욕망의 뿌리
네가 비어 내가 내가 비어 네게서 찾았네
이 빈자리 없었다면 사랑이 피었을까

서로의 온기 속에 태어난 우리
내 조각을 네게서 찾아 헤매다
때론 아프고 멍들었지 밤을 지새우며

서로의 약함을 아는 외로운 그림자들
맞잡은 작은 온기들이 모여
결국 사랑의 씨앗이 되어
하나의 반짝이는 별이 되려 하네

겨울 나비

하늘은 은빛 가루 흩뿌리고
하얀 눈송이 작은 나비 되어
사뿐히 세상에 내려앉네

펄펄 춤추는 순백의 꽃잎은
어찌 이리도 고운 흰나비 같은지
온 세상 겨울 그림으로 물드네

아 포근한 눈꽃 속으로
아무 걱정 없이 뛰어들어
망설임도 지난 시선도
모두 저 눈밭에 묻어두고

따스한 겨울의 품 가득 안고
새하얀 만년설이 되고 싶어라

빨래

마당 가득 쌓인 마음의 짐
겨울 추위에 얼었던그대 허물을
빨래줄에 널어봅니다
오래 묵은 슬픔의 때 새봄 햇살에 헹구어
새하얀 옷처럼 다시 태어나고 싶어

하지만 마당 가득 널린 건
깨끗해진 허물이 아니라
씻어도 씻기지 않는 그대 생각뿐이네요
햇볕 좋은 양지쪽에 서서
높새바람 부는 대로
그리움에 몸이 떨립니다

빈 껍데기 알몸으로
바람에 흔들리며 서 있네요
이대로는 마르지 않을 것 같아요
누가 나 좀
이 지독한 그리움에서 말려주세요

숨 고르기

시간의 발자국에
숨 가쁘게 뛰지 마

그저 흘러가는 물처럼
고요히 바라보렴

마음의 뜰에
꽃씨 하나 심고

햇살과 바람으로
영혼의 밭을 가꾸자

앞서려는 조바심 내려놓고
지금 이 순간 숨 고르자

너는 충분히 빛나고 있어

꺼지지 않는 촛불

꺼지지 않는 사랑 불꽃처럼 타올라
어두운 밤 밝히는 너의 마음 같아
때론 시린 바람에 흔들릴지라도
지난 기억들이 파도처럼 밀려와

메마른 가슴엔 기다림만 남지만
한 줄기 단비 내리길 간절히 바라네
두 손 모아 조용히 눈을 감으면
따뜻한 온기 피어나는 걸 느껴

믿음이란 씨앗 소중히 품었고
온 마음 다해 사랑을 키워가
영원히 꺼지지 않을 우리의 촛불
환한 빛으로 세상을 비추리

세월의 강물

강물은 쉬지 않고 흐르네
저 넓은 바다 그리운 품으로
오늘이 또 내일을 부르는 건
덧없이 채워지는 세월의 나이테

푸른 잎새 가을빛 물들어가듯
내 안의 깊이 오롯이 익어가는 날들
검은 머리 희끗희끗 파뿌리 되어도
삶이 정겹게 익숙해지는
그 아련한 어스름이네

비 우는 소리

창밖엔 비가 내리지
소슬하게 마음을 적시는 소리
저 홀로 선 소나무 한 그루
바람에 젖고 비에 젖으며
가만히 서 있네

흔들리는 가지 끝에서
무엇을 털어내는 걸까
꼭 내 마음 같아
비바람 맞고 서서
때를 벗듯 그렇게
자연스럽게 비워내는 시간

나도 그 비를 맞았지
그 바람을 견뎠지
그러자 내 마음 안에서도
소슬한 바람 한 줄기
조용히 불어오더라

들꽃에게

어린 날엔 먼 세상만 쫓아
발밑 들꽃 눈에 안 보였지
콧대 높여 바람만 품고
작은 아름다움 스쳐 지나던

삶의 굽이 돌아 고개 숙이니
비로소 보인 발밑 작은 우주
허리 굽혀 앉아 평화 찾으니
들꽃 속삭임 마음 가득 채우네

이제야 알았어 들꽃의 힘을
소박함에 온 세상 있음을
무심히 건넨 위로 속
내 삶은 모두 꽃이었네

하얀 고무신

아버지의 걸음마다 따라온
하얀 고무신

때 묻을 새 없었던 당신의 삶처럼
하얗게 씻겨진 시간들

세상 욕심 한 점 없이
청빈한 마음만으로

가족이라는 이름의 길을
묵묵히 걸어오신 당신

맑고 순수한 하얀 마음은
낡아가는 고무신 위로

세월의 흔적만 고이 담아
오늘도 나를 비추네

아버지의 하얀 고무신에 담긴
사랑이라는 발자국들

거울 속의 진실

얼마나 닦아야
거울에 비친 내 마음
희미한 그림자 속
진정한 나를 찾을까

얼마나 버려야
과거의 짐을 덜고
가벼운 숨결로
새로운 나를 맞이할까

얼마나 다가가야
너와 가까이 서서
서로의 눈빛 속에
온기를 느낄 수 있을까

마음의 거울을 닦으며
내 안의 진실을 찾아
너와 함께 나누는
사랑의 빛을 비추리

제4부

따뜻한 곳을 찾아 멈추고
아늑한 곳에 앉아 햇볕을 기다리는 마음
그리움의 얼굴 하나
너를 찾는 길
이 또한 방황이 아니다

낙엽이 가는 길

단풍이 바람에 떨어지면
낙엽이 되어 세상에 한 조각이 된다
바람에 갈팡질팡하는 것은
방황이 아닌 이미 정해진 여정을 걷는 길이다

따뜻한 곳을 찾아 멈추고
아늑한 곳에 앉아 햇볕을 기다리는 마음
그리움의 얼굴 하나
너를 찾는 길
이 또한 방황이 아니다

추위에 떨며
내가 나아가야 할 길을 모르는 것은
내 마음속 깊은 갈망 때문이다
너를 잡으려 애쓰며
갈팡질팡하는 내 마음은
이제 나의 여정이 되어간다

내 인생의 길을 찾아

나는 지금 내 인생의 길을 찾아
헤매고 있습니다
처음 가는 길이라 두렵기도 하지만
용기를 내어 이곳저곳에 질문을 던지고
답을 찾아 나섭니다

가는 길을 알게 된다면
어떤 험난한 장애물도 두렵지
않을 것입니다
지름길을 찾아 조금 더 빠르고
평안하게 나아갈 수 있겠지요

이 여정 속에서
나는 나 자신을 발견하고
새로운 경험을 쌓아가며
더 나은 내일로 나아갈 것입니다

호박

우물가 텃밭에 그리움을 심으니
바람 불어 호박 꽃 활짝 피었네
노란 햇살에 소리 없이 웃는 얼굴
검은 숲엔 그리움 가득 담겨

쩍 벌어진 늙은 호박은
시간의 흔적 품고 고이 누워
가을 찬바람에 옛 사랑 스치면
젊은 날 열정 그리울 리 없겠어

늙어도 사랑받길 바라는 마음
그것이 삶의 진짜 진실이라오
버리자니 애틋하고 두자니 짐이 되는 기억들
무거운 몸 갈까마귀 노래에 마음은 어지럽네

그래도 호박넝쿨은 하늘로 뻗어가듯
희망의 길 열어주길 바라요
꽃엔 사랑과 용기 열매엔 풍요가
가득하길 바람에 실어 보냅니다

버려진 꿈의 잔해

어지러운 쓰레기장 속에
버려진 것들은
희망의 조각들처럼 흩어져 있다

쓰레기처럼 잊힌 꿈들
사랑의 손길이 닿지 못한
차가운 폐허에
한 조각 휴지처럼
이리저리 날아다닌다

희망의 잔해들 어둠 속에 묻힌 빛
그 속에 우리는 다시 일어설 수 있을까
사라진 것들 속에서 새로운 시작을 꿈꾸며

우리의 마음은
여전히 따스한 손길을 기다린다

오솔길에서

웃음 꽃피며 둘이서 걸어가던 길
꽃 지고 나서는 나 혼자 걸어가네
꽃길만 걸어가자고
맹세한 내 님은 어디 가고
천년만년 그 약속은 잊었는가
밤하늘에 별들만 반짝이네
나 혼자 바라보는 하늘
쓸쓸함만 가득하네

카페 모카향

밤하늘 별들이 조용히 속삭이는 밤
마음속에 피어나는 아련한 그리움은
따뜻한 차 한 잔처럼 모락모락 피어올라
지친 하루의 끝을 포근히 감싸 안아주네

가만히 눈을 감으면 들려오는 듯한
그대만의 웃음소리 나긋한 숨결
시린 마음 살며시 어루만지는 고운 손길 같아서
오늘도 나는 그 흔적 위에 마음을 기대어

긴 기다림 속에서도 시들지 않는 희망은
어둠을 뚫고 찬란히 빛나는 새벽별처럼
내 가슴 깊이 새겨진 소중한 기억들이 되어
언젠가 다시 만날 그대를 향해 환히 타오르네

구름 속에 영혼

안개 해 구름 속에 숨었다
아침햇살에 벗겨지는
앞산에 푸른 영혼
어둠 속에 숨은 달빛 그리움
아침 이슬에 흘리는 푸른 눈물

복받쳐 올라오는 가슴
울부짖는 통곡의 소리
들썩이는 어깨춤
청산의 꿈은 별을 품고
바람과 함께 떠도는 마음
훨훨 훨 나는 새가 되어

달빛에 기러기
산을 넘고 강을 건어
사뿐히 내려앉으면
어둠의 세상에
아름다운 꽃피우리라
밤에 피는 불꽃이 눈앞에
먼저 들어온다

시골 아줌마

뜨거운 해 숨결 여린 어깨 감싸고
흙내 배인 초록빛 일렁이는 밭

그 푸른 생명들 사이
가녀린 손길로 삶을 엮어가네
내 사랑스러운 시골 아줌마

어쩌면 저리도 강인할까
거친 풀뿌리처럼 굳건한 마음
시련에도 꺾이지 않는 푸른 의지

태양에 그을린 얼굴 땀방울 강물 같고
깊은 주름마다 고단함 새겨졌지만

아 깊고 그윽한 눈빛 속엔
여리고 순수한 영혼이 숨 쉬네

몸빼에 묻은 흙 그저 흙 아님을
삶이 피워낸 가장 순결한
은하수 같은 땀방울이었네

우리의 필통 안에서

닳고 닳아 작아진 몸뚱이
저마다 다른 길이 있었지
어떤 건 새카맣게 짧고
어떤 건 아직 푸릇한데

눈 맞추려 애쓰지 않아도
늘 곁에 있었네 지친 어깨 살포시
맞대어 기대면 세상은 온통
포근한 침묵

외로움은 저 멀리 옅어지는 안개 같고
같은 숨결 속에서 작은 온기 피어났지
세월의 흔적 새기며 함께 걸어온 발자국
그 길 위에 너와 나서로의 그림자 되어

이토록 다정한 친구여
참 고마운 인연

작은 꽃씨

어둠 속에서도
반짝이는 작은 꽃씨
고요히 꿈을 꾸네
따스한 흙을 품고

이름 모를 바람이
속삭이듯 스치면
간절한 기다림 끝에
초록 싹을 틔우고

수줍게 얼굴 내민
세상의 첫 햇살
오색 빛깔 웃음으로
꽃잎을 펼쳐 보이네

아들아 너는 빛

너는 아빠의 햇살
진실한 빛으로 가득 차
착한 마음으로 뿜어내는
사랑의 온기가 느껴져

책임감 있는 너의 모습
어둠 속에 한 줄기 희망
귀엽고도 강한 너의 힘
집안의 기둥이 되어줘

솔선수범하는 너의 발걸음
어려운 친구들 곁에 서서
그들에게 힘을 주는 아들
세상을 더 따뜻하게 만들어

아빠는 너를 바라보며
든든함에 마음이 벅차
우리 함께 걸어가는 길
사랑으로 채워가자 아들아

홀로 묻는 이 밤

오늘도 비 개인 듯
마음이 젖어 있네
따스한 술 한 잔에
외로움만 녹이고파

정겨이 이름 불렀건만
돌아온 건 '바빠' 두 글자
담벼락 같던 그 말에
쓸쓸함만 더해졌네

온 마음 열었건만
왜 그리 외면하나
친구라 아끼었는데
난 단지 그림자였나

쑥버무림 그 봄의 흔적

어머니는 봄 마중
새순 돋아날 때면
손끝으로 빚어낸 따스한 쑥 향기
초록빛 숨결이 모락모락
사랑이 스며든 쑥버무림 한 덩이

논밭 가는 어린 아들 손에
말없이 쥐여주신 뭉툭한 정
허기진 배
세상 무게에 머리 숙일 때면
작은 조각으로 건네시던

그 한마디에 녹아내린
세상 모든 고단함
이제 푸른 하늘 저편
별이 되셨지만
내 가슴 깊은 곳엔
아직도 그날의 쑥 향기가 맴돌아

딸 내 하늘의 별

사랑의 씨앗 아내와 함께 심은
그 결실이여 내 마음의 보물
너는 하늘이 내려주신 소중한 아이
내 품에 안겨 세상에서 가장 빛나는 별

너의 웃음은 아침의 햇살처럼
내 마음의 어둠을 모두 지워주고
작은 손으로 내 등을 업고
높은 하늘로 날아오르는 꿈을 꾸네

꽃보다 더 아름답고
가끔은 미워도 그 미소에 녹아
내가 지켜줄게 너의 모든 날들
혜란강처럼 흐르는 시간 속에

깊고 푸른 바다를 향해
너와 함께 파도를 헤치며
세상의 모든 사랑을 담아
영원히 너를 품고 싶어

그리움의 한 조각

엄마 품처럼 넓은 바다
세상 시름 다 녹아내리는 곳
작아지는 나를 감싸 안으니
어린아이 되어 스르륵 잠드네

그 따스한 품이 너무 그리워
별빛처럼 빛나는 그 사랑

또 다른 그리움 아빠의 든든한 산
삶의 무게 다 짊어지던 어깨
말없이 다독이던 그 손길
내 길을 밝혀주던 등대였네

든든한 울타리 변치 않는 사랑
이 마음속 영원한 조각들

굴레 혹은 환상

아련한 햇살 아래 반짝이는 은빛 콧줄
황소는 그저 자신을 빛낼 장식이여겼네
가볍게 얼굴에 드리운
탐스러운 꿈결인 줄로만

길들여지는 줄도 모르고
한 걸음 한 걸음 새로운 자유인 줄 알았던 길은
보이지 않는 끈에 묶여
낯선 주인의 그림자를 따라갔네
알 수 없는 무게가 점점 어깨를누르날들

손에 잡힐 듯 빛나던 어떤 이름의 조약돌들
그것이 돌아와 내 손목을 묶는 고리가 될 줄은 누가 알았을까

내가 엮은 실타래가 어느새 나의 목을 감싸고 가만히 아주 가만히
숨통을 조여오는 아픔그저 나의 환상이었음을 너무 늦게 깨달은
어린 혼의 고요한 눈물

마음의 바위

멀리서 바라본 너는
늘 웅장하고 고요했어
흔들림 없는 위엄에
어쩌면 동경을 품었지
가까이 다가선 발걸음
벅차오르는 너의 그림자
숨통을 조여오는 무게에
아득히 잊었던 외로움이 밀려와

금방이라도 무너질 것 같은 마음
파편처럼 뾰족해지고
차갑게 깎아지른 너의 모서리처럼
내 안의 풍경도 칼날이 되었어
저리도 묵묵히 하늘을 떠받치느라
얼마나 많은 눈물을 삼켰을까
세월의 비바람 속에 검게 그을린
주름진 너의 등허리

내 마음의 바위여
아프고 지친 시간들 속에도
끝없이 피어날 희망처럼
조용히 숨 쉬고 싶어

달항아리 너에게

둥근 하늘을 가만히 보듬은 듯
저 달은 어여쁜 여인의 온몸이어라
밤의 품에 안겨 고요히 숨 쉬는
가장 따뜻하고 포근한 실루엣

그리고 여기 하얀 흙으로 빚은
달항아리 너는 설렘 가득한 생명을 품은
임신한 여인의 소중한 곡선이네
봉긋 솟아오른 배, 부드러이 휘어지는 허리
그 고귀한 품 안에 온 세상 평화가 깃든 듯

가만히 그 곡선을 눈에 담으면
나른한 만족감이 스르륵 차오르고
모든 시름 내려놓은 듯 깊은 위안이네
단단한 흙 속에서도
피어나는 생명의 경이로움
넉넉하고 풍요로운 너의 자태는
세상 모든 풍년을 기원하는
간절한 우리 마음의 기도 같아

폭포 수

높이 솟은 절벽 아래
세상 모든 시름 토해내듯
하늘 끝에서 떨어진
순수한 물줄기 하나

흐르다 문득 바위 앞에서
외로움처럼 둘로 나뉘니
아 어찌 길을 달리했니
갈라진 마음처럼 저릿해

쏟아지는 물방울은
장엄함 속 숨겨진 슬픔인가
새롭게 움트는 생명의 노래인가
결국 하나의 품으로 안긴 물웅덩이

내 삶 모든 의문들도
폭포처럼 쏟아져 내려도
결국 사랑으로 만나는 하나의 물결처럼

배 말

원주천 개울가에
사뿐히 안개 내려앉고
세상 잊은 배 한 척
고요히 숨 고르네

달빛 포롱포롱 스며들고
별빛 송골송골 빛나던 밤
가슴 저린 그리움이여
그대 눈빛에 마주 닿았네

아련한 추억 실은 바람
두 마음 살포시 엮어주고
시간마저 멈춰버린 듯
꿈결 같던 사랑의 숨결

멈춰 선 배 위에서
막걸리 한 잔 기울이니
무거웠던 시름 깊었던 한숨
잔잔한 강물에 실려 흘러가네

아궁이 피어오르던 날의 온기

어머니의 손끝 따라
안방 부엌에서 피어나는
나직한 밥 짓는 소리
뽀얀 김 서린 아침 공기
그 안에 고요히 피어나는
사랑과 정(情)이었다
아버지의 굳건한 등 뒤
사랑방 아궁이에선
소죽 끓는 푸근한 숨결
솔가치 태워 밤을 데우던
자애로운 연기 속에
온 세상 걱정이 녹아들었다

장독대 위 하얀 눈송이가
소복이 쌓여 은빛 세상 될 때면
새벽 찬 기운 걷어내고
아버지 따스한 손으로
내 신발을 부두막 위에 올려
새끼 새 품듯 보듬어 주셨지
따뜻한 온기 발끝으로 스미면

왠지 모를 용기가 솟아나
차디찬 겨울 아침도
포근히 안을 수 있었네

세월의 강물

강물은 쉬지 않고 흐르네
저 넓은 바다 그리운 품으로
오늘이 또 내일을 부르는 건
덧없이 채워지는 세월의 나이테

푸른 잎새 가을빛 물들어가듯
내 안의 깊이 오롯이 익어가는 날들
검은 머리 희끗희끗 파뿌리 되어도
삶이 정겹게 익숙해지는
그 아련한 어스름이네

내 마음은 꽃

내 마음은 꽃처럼 활짝 피어
햇살을 받아 반짝이네
웃음 숨기지 말고
세상과 나누자
향기로 가득한 이야기들

아름다운 꽃잎처럼
내 얼굴에 미소를 담고
소중한 순간들을 그려보자
귀 기울여 들어오는
바람의 속삭임을

눈에 보이지 않는 사랑도
그림처럼 그려내고
마음속 깊이 간직한
감정의 씨앗을 심어
언제나 꽃을 피우자

중년의 사계

봄여름 사랑 꽃피고
가을겨울 지혜로 물드네
아 중년 아름다운 삶

파릇한 청춘 단풍 되어
쓸쓸함도 품는 시간

세월의 무게 기꺼이 안아
텅 빈 듯 가득 찬 마음
진정한 자유가 되네

흔들림에도 피는 꽃

저 홀로 흔들리는 마음
차마 기댈 곳 없어 시릴 때
바람 없는 아픔이 몰려와도
애써 붙잡지 마 아파 마요

말없이 흐르는 구름처럼
때론 훌훌 놓아버려도 돼
작은 떨림마저 슬퍼 말고
따스한 초록 바람 기대어 봐요

상처는 스르르 녹아내리고
아픔은 이유 없이 사라질 거야
이 흔들림 속에 피어나는
님의 강인함 믿어줘요

아름다운 사랑은 아픔 끝에 피더라

초판 발행 2025년 9월 20일
지은이 윤용운
펴낸이 이민숙
펴낸곳 오선문예
등록번호 제 2024000028호
주소 서울시 강동구 양재대로
전화 010-3750-1220
이메일 minsook09@naver.com

ISBN 979-11-988410-7-0(03810)
값 12,000원